LEILA NORBERTO

MARQUINHOS NO "LUGAR-NENHUM"

ILUSTRAÇÕES
MARIÂNGELA HADDAD

editora scipione

Esta edição possui o mesmo texto ficcional das edições anteriores.
Este livro foi originalmente publicado na Coleção Cabra-cega, da Editora Scipione.

Marquinhos no "Lugar-Nenhum"
© Leila Norberto, 1992

Diretoria editorial   Lidiane Vivaldini Olo
Gerência editorial   Kandy Saraiva
Edição   Flávia Andrade Zambon

Gerência de produção editorial   Ricardo de Gan Braga
Arte
Narjara Lara (coord.) e Thatiana Kalaes (assist.)
Projeto gráfico   Gláucia Correa Koller, Soraia Scarpa (adaptação)
Revisão
Hélia de Jesus Gonsaga (ger.), Laura Vecchioli
Iconografia
Sílvio Kligin (superv.), Cesar Wolf e Fernanda Crevin (tratamento de imagem)

```
        CIP-BRASIL. CATALOGAÇÃO NA FONTE
        SINDICATO NACIONAL DOS EDITORES DE LIVROS, RJ

N665m
3. ed.

Norberto, Leila

    Marquinhos no 'Lugar-Nenhum' /  Leila Norberto;
ilustrações Mariângela Haddad. -[3. ed.] - São Paulo:
Scipione, 2016.
    40 p. : il.; (Biblioteca Marcha Criança)

    Apêndice
    ISBN 978-85-262-9996-2

    1. Ficção infantojuvenil brasileira. I. Haddad, Mariângela.
II. Título. III. Série.

16-35378                        CDD: 028.5
                                CDU: 087.5
```

Código da obra CL 739955
CAE 594982

2018
3ª edição
7ª impressão
Impressão e acabamento: Vox Gráfica

editora scipione

Direitos desta edição cedidos à Editora Scipione S.A., 2016
Avenida das Nações Unidas, 7221
Pinheiros — São Paulo — SP — CEP 05425-902
Tel.: 4003-3061 / atendimento@aticascipione.com.br
www.aticascipione.com.br

IMPORTANTE: Ao comprar um livro, você remunera e reconhece o trabalho do autor e o de muitos outros profissionais envolvidos na produção editorial e na comercialização das obras: editores, revisores, diagramadores, ilustradores, gráficos, divulgadores, distribuidores, livreiros, entre outros. Ajude-nos a combater a cópia ilegal! Ela gera desemprego, prejudica a difusão da cultura e encarece os livros que você compra.

Marquinhos no "Lugar-Nenhum"

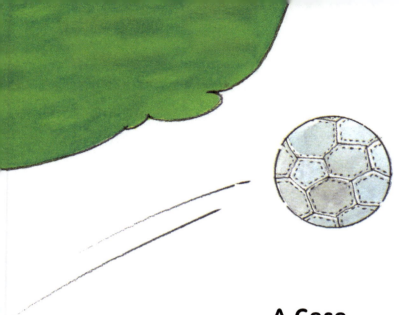

A Casa

— Pega a bola! Não deixa cair lá, não!
— Agarra! Agarra!... Xi...
— Se manda!

A garotada saiu correndo. Cada um se escondeu como pôde. Marquinhos e mais dois meninos ficaram espiando por trás de um muro ali perto.

— Poxa, Marquinhos, você não podia ter agarrado aquela bola?
— Ah, agora a culpa é minha? Eu avisei que não queria ficar no gol!
— Tanto lugar pra bola cair e ela vai logo pra lá!
— Quem mandou botar as traves bem na direção da casa?

Entre os garotos que sobraram, ficou decidido que Marquinhos seria o encarregado de recuperar a bola. Afinal, ele é que era o novato ali. Só tinha se mudado umas duas semanas atrás. Além do mais, os outros tinham medo, pois desde pequenos ouviam histórias sobre aquela casa.

Marquinhos foi andando em direção a ela, pensando no que podia encontrar ali. Nunca tinha visto nenhum morador, mas os colegas falaram numa moça e algumas crianças que às vezes viam lá. "Gente muito estranha" — disseram. Não falavam nem brincavam com ninguém.

Agora, já perto da casa, Marquinhos teve a certeza de que ela não estava vazia. Parecia abandonada, mas não estava. Ele pôde ouvir vozes e risos de crianças brincando, mas os sons pareciam vir de muito longe. E quando ele foi olhar pelo muro, não havia ninguém.

— Entra! Entra! — gritavam os garotos do outro lado da rua.

Marquinhos pulou o muro com facilidade e se aproximou da porta. Respirou fundo e abriu. A porta rangeu estranhamente e ele ficou alguns instantes parado, até seus olhos se acostumarem com a escuridão lá de dentro.

Quando começou a enxergar alguma coisa, foi andando pela sala devagarinho, examinando tudo. A casa não parecia nada assombrada. Quer dizer, estava

bem empoeirada, tinha teia de aranha e tudo... Mas os móveis eram simples e claros, não havia nenhum retrato na parede olhando pra ele, nenhum relógio sinistro. Olhou para o teto e não viu nenhum morcego.

Marquinhos viu então uma escada e resolveu subir. Foi andando com cuidado, pois ela estava quase em ruínas. A bola tinha quebrado uma vidraça do segundo andar, portanto era lá que ele devia ir procurá-la. E não foi difícil: logo no primeiro quarto que entrou, viu a redondinha. A janela tinha quebrado bastante, mas, do jeito que estavam as outras coisas na casa, ninguém ia se importar. Marquinhos olhou pela janela e acenou para seus amigos, mostrando a bola.

Depois, deu uma olhada no quarto, bastante velho e com os móveis quebrados: três camas e um armário. Com a bola e antes de descer, foi xeretar o resto do segundo andar. Havia mais um quarto, parecido com o primeiro, mas com apenas uma cama. E um pequeno banheiro no final do corredor, com louça muito antiga e sem uma gota de água.

"Esse pessoal é muito bobo de ter medo. Eu até pensei que ia ser uma aventura entrar aqui, mas não tem nada... É só uma casa velha!", pensou Marquinhos. E foi descendo a escada, querendo recomeçar logo a partida, que estava bem mais interessante.

Quando desceu o último degrau, começou a ouvir barulhos lá fora, os mesmos que tinha ouvido quando se aproximara da casa. Só que agora estavam bem mais fortes. Eram vozes e gritaria de crianças que vinham do quintal.

"Os garotos devem ter corrido pra cá quando me viram. A gente pode até jogar um pouco no quintal. Ele é vazio mesmo, não tem planta, nada pra atrapalhar", pensou.

E foi correndo, passou pela cozinha e tentou abrir a porta dos fundos. A fechadura estava emperrada. Por mais que ele fizesse força, ela não cedia. Tentou de novo. Nada. A gritaria aumentou. Marquinhos começou a ficar ansioso. As vozes ficaram mais altas. Ele teve uma sensação arrepiante. Não, não eram seus amigos que estavam ali. Mas, antes que ele tentasse voltar e sair pela porta da frente, a porta se abriu.

Marquinhos levou um susto! Mal podia acreditar no que estava vendo!!!

O "Lugar-Nenhum"

Marquinhos estava espantado. Como? Ele sabia que o quintal daquela casa não tinha nenhuma árvore. Várias vezes tinha espiado pelo muro. Era um quintal desértico, só com uns matinhos, desses que aparecem nas rachaduras do cimento. Então, de onde vinha aquela floresta toda?

Eram árvores finas e compridas, com as copas bem altas, cheias de galhos e folhas. Não dava pra ver o céu, mas alguns raios de sol conseguiam passar por entre as folhas e chegar até o chão. Esses raiozinhos iluminavam tudo suavemente, e tornavam o bosque mais colorido: onde eles batiam, o verde ficava mais claro; no resto, era um verde bem escuro. Tanto verde... Parecia até que a luz que chegava ali era verde.

Mas havia outras cores. Não eram muito fortes, mas o lugar era bem colorido. Como as árvores não estavam muito próximas umas das outras, havia espaço no chão. Quer dizer, havia muitas plantas (várias com flores), algumas árvores baixas cheias de frutas, partes do chão só com terra, outras partes com uma grama baixinha...

Marquinhos achou que tinha chovido há pouco tempo lá e as folhas ainda estavam molhadas; pois de vez em quando ele via uns brilhinhos, como se o sol batesse em gotas de água.

Ele se virou e olhou a casa. Parecia bem sem graça agora, se a gente comparasse com aquele lugar tão bonito e misterioso. Só a parede branca e a porta... aquela porta!

— É a porta que liga os dois mundos! — falou alguém de repente.

Marquinhos olhou assustado. Era uma moça muito bonita, de cabelos soltos, vestindo uma roupa que parecia uma camisola antiga. E o interessante é que parecia um pouco transparente. A roupa não, a moça.

— Quem é você?

— Eu sou Flora. De certo modo, eu tomo conta deste bosque. E você, quem é?

— Meu nome é Marcos, mas todos me chamam de Marquinhos. Bem, eu sou um garoto e... Olha, eu só tava pegando a minha bola. De repente, eu abro aquela porta e venho dar aqui. Que lugar é esse, afinal?

— "Lugar-Nenhum".

— Eu tô falando sério, tá?

— Eu não estou brincando, Marcos. Posso chamá-lo assim? Se você não se importa, é claro.

— É... eu acho que não.

— Pois bem. Você nunca vai achar este lugar no mapa. Ele não existe no mundo que você conhece, mas em outro tempo e outro espaço.

— Tá na cara — disse Marquinhos. — Isso aqui devia ser o quintal daquela casa. Mas como é que de fora não dá pra ver nada daqui? E também é muito maior; dava pra caber o bairro todo! Ali, por exemplo, era pra ser a rua, mais pra lá, a minha casa.

— Este lugar é muito maior do que seu bairro. Vamos caminhar um pouco e eu lhe explico.

Ele não teve outro jeito senão acompanhar a moça. Ela se parecia com alguém que ele já tinha visto, mas não se lembrava de quem. Enquanto eles andavam, Flora continuava a falar, tentando explicar o que era aquele "lugar".

— Há muito, muito tempo, o meu mundo e o seu eram uma coisa só. Todos os seres que hoje vivem aqui já viveram junto com o seu povo. Foi um tempo de muita paz, a natureza não estava ameaçada, os humanos acreditavam no nosso poder...

— Quer dizer que vocês não são seres humanos? — perguntou Marquinhos assustado.

— A maioria aqui não é. Somos parentes bem próximos. Só que vocês desenvolveram mais a parte da razão, e nós, a da magia. Foram evoluções diferentes. Mas, deixe-me continuar.

"Aos poucos, as coisas foram mudando. Os humanos foram se afastando da natureza. Passaram até a destruí-la. Depois começaram a nos achar estranhos, e alguns nos perseguiam. Foram se tornando uma ameaça para nós.

"Além do mais, todos aqui precisam estar perto de elementos naturais e, no seu mundo, agora, isso é quase impossível. Então decidimos reunir todos os seres mágicos aqui e isolamos este lugar do resto do mundo. Aqui preservamos a natureza, que é essencial para nós, e podemos viver da nossa maneira."

Marquinhos não sabia se tinha entendido tudo direito. Aquela história era um pouco complicada. Ficou pensando quando aquilo teria acontecido e finalmente perguntou:

— E onde fica esse lugar, afinal?

— Fica completamente fora do seu tempo e do seu espaço, como eu já disse. Por isso nós o chamamos "Lugar-Nenhum".

— É alguma coisa como outra dimensão? — perguntou, lembrando dos filmes de ficção científica.

— Se você entender melhor assim, pode ser — respondeu Flora, sorrindo.

— Então como é que eu vim parar aqui?

Ela sorriu novamente:

— Nós mantemos algumas passagens entre os dois mundos. Procuramos nos informar sobre o mundo de vocês, pois às vezes ele influencia o nosso. Ainda há uma ligação, apesar de tudo.

"Nossa! Foi isso mesmo que minha mãe falou quando se separou do papai", Marquinhos pensou, mas não falou nada.

Flora continuou:

— Aquela casa onde você entrou é uma dessas passagens. Ou melhor, a porta por onde você saiu é que é a passagem.

Marquinhos ia abrir a boca pra fazer umas perguntas, mas Flora não deixou.

— Que tal brincar um pouco agora? Você vai ter muito tempo para perguntas, Marcos.

Então ele pôde ver que tinham chegado perto de um rio. Quis falar alguma coisa com Flora, mas notou que a moça tinha sumido. O lugar não era muito alto, mas tinha uma cachoeirinha por onde um monte de crianças deslizava. Sem pensar duas vezes, correu pra lá também.

Logo fez amizade com as crianças, com os bichos que estavam por ali e até com alguns adultos que ficaram um pouco no local. Mergulhando de olhos abertos, ele podia ver um monte de peixinhos e pedras no fundo do rio. Quando os peixes vinham à tona, brilhavam demais com o sol batendo nas escamas. Na beira do rio havia muitas pedrinhas coloridas e transparentes, que pareciam bolas de gude. A diferença é que não eram bem redondas. Pegou algumas e botou no bolso do *short*.

Marquinhos divertiu-se como nunca: nadou bastante, comeu frutas deliciosas e aprendeu várias brincadeiras diferentes. Depois de muito tempo, todos sentaram um pouco pra descansar. Ficaram um tempo sem falar e Marquinhos podia ouvir o som do rio correndo e batendo nas pedras. Às vezes parecia som de sininhos, e a água brilhava refletindo o sol.

Quando começaram a conversar, ninguém perguntou de onde o menino vinha. Falavam como se ele fosse dali. Combinaram muitos passeios para os próximos dias e, pelo que eles diziam, os lugares deviam ser tão interessantes que Marquinhos gostaria que seus amigos estivessem lá pra ir também.

Notando o entusiasmo de Marquinhos, as crianças do "Lugar-Nenhum" passaram a falar das coisas mais bonitas daquele mundo. Prometeram ir até a montanha onde estava o tesouro secreto. Disseram que ele iria ficar maravilhado com o tesouro.

Nessa parte da história ele não acreditou muito, não. Ora, se o tesouro era secreto, como é que eles sabiam onde estava? E iam poder mostrar pra ele? Flora havia falado em seres mágicos também, mas ele não tinha visto nenhuma magicazinha.

Nesse momento, todos pararam de falar. Até o barulho do rio parou. O sol começou a diminuir de repente, do mesmo modo que a imagem da televisão some quando falta luz. Todos saíram correndo e sumiram na floresta. Ninguém respondeu às perguntas de Marquinhos sobre o que estava acontecendo.

Quando ele se levantou pra correr também, uma voz de criança gritou bem longe:

— Hora de acabar a brincadeira!

O Caminho

Marquinhos ficou parado, sem saber o que fazer. Na floresta escura, viu um caminho estreito todo iluminado. Procurou um bocado pra descobrir onde estavam as lâmpadas, mas não achou nenhuma. Decidiu seguir aquele caminho, mesmo sem achar explicações para a luz. "Afinal, esse mundo é meio maluco mesmo!", pensou ele.

Enquanto andava, olhava para dentro da floresta, onde parecia haver umas luzinhas. Quando passou por uma pequena clareira é que pôde ver melhor. Eram luzes mesmo, só que se mexiam. Se fossem menores, ele diria que eram vaga-lumes, mas essas eram do tamanho de uma bola de tênis. Ou talvez fossem pequenas, mas com um brilho que as fazia parecer maiores. Ele teve a impressão de que elas brincavam umas com as outras. Não pôde observar muito, porque a luz do caminho começou a piscar e um outro caminho se acendeu. Ele não sabia qual deles deveria seguir.

— Será que vai faltar luz? — pensou em voz alta, e então ouviu um monte de risinhos bem fininhos.

— Ué, será que eu falei alguma besteira?

Os risinhos aumentaram e ele pôde ver que vinham das tais luzinhas.

— Vocês entendem o que eu falo?

— É claro — respondeu uma delas. — Ou você acha que nós somos lâmpadas?

Marquinhos não respondeu, apenas franziu a testa.

— Nós não somos lâmpadas — disse uma vozinha enfezada.

— E é por isso que aqui não falta luz — concluiu outra.

Todas as luzinhas riram novamente. Marquinhos, que não achou motivo pra tanta risada, acabou rindo também. Afinal, as luzinhas eram bem engraçadinhas. Depois resolveu perguntar o porquê daquele pisca-pisca dos caminhos.

— Bem, nós achamos que você queria voltar pra casa, correto?

— Correto.

— Só que tem um monte de caminhos e nós não sabíamos qual era o melhor pra você. Mas... já sei!

No mesmo instante, só um caminho ficou iluminado, sem piscar.

— Vocês é que fazem essa luz? — perguntou o menino.

— Não pessoalmente... — respondeu uma das luzinhas.

— Mas nós somos responsáveis por ela — completou outra.

Marquinhos foi andando, sempre acompanhado por uma ou duas daquelas bolas acesas. Não demorou muito e ele viu uma árvore com uma escada feita de corda. Uma luzinha falou:

— É uma casa na árvore! Você quer ver?

Antes mesmo do garoto responder, a árvore toda estava iluminada. Parecia uma árvore de Natal! Ele subiu a escada e foi até a casa. Era pequena, mas bem feita. E ele sempre quis fazer uma casa assim...

— Foram as crianças que fizeram — falou uma luz.

Marquinhos lembrou:

— Por falar em crianças, por que elas saíram correndo daquele jeito? Aqui é perigoso de noite?

A luz pareceu intrigada:

— Ora, que perigo poderia haver? É que a disciplina delas é bastante rígida. Mas não há perigos. Muitas crianças passam a noite nessa casa, às vezes, pra observar a vida noturna, que é muito bonita.

— Vida noturna? — Marquinhos perguntou. — Ficam observando as corujas, que são animais da noite?

— Não só os animais... — enquanto a luz falava, ele ia descendo os degraus. — Você deve conhecer uma flor que fica virada pro Sol...

— Claro, é o girassol.

— Pois bem, aqui há uma que só desabrocha quando a Lua aparece.

Assim que ele desceu o último degrau, um monte de flores que estavam um pouco distantes ficaram iluminadas. Eram brancas e estavam viradas na direção da Lua.

— Que bonito! — falou Marquinhos. — Qual é o nome dessa flor?

— Não sei.

— Deve ser giralua! — falou uma luz, e ouviram-se mais risinhos.

Logo depois, as luzinhas disseram que não podiam ficar mais com ele. Tinham de dar uma volta em outra parte do bosque. Mas ele não precisava se preocupar: a casa por onde ele tinha entrado no bosque ficava logo depois da curva. Despediram-se alegremente e foram embora. O caminho continuou todo iluminado.

Apressando o passo, Marquinhos foi pensando em tudo o que acontecera. O dia tinha sido sensacional. Aquele mundo todo diferente, Flora, as crianças, as brincadeiras no rio, as luzes, a casa na árvore. Sem contar que aquele era o lugar mais bonito que ele já tinha visto. Mal podia esperar pra contar tudo para os amigos.

Assim que viu a casa, deu uma corrida em direção à porta. Tentou abri-la, mas não conseguiu. Forçou mais um pouco, lembrando que da primeira vez ela também tinha emperrado. Até que alguém falou:
— Você NUNCA MAIS vai poder voltar!

As Provas

Quem falou foi um homenzinho moreno, de capuz azul. Ele não tinha apito nem arma, mas Marquinhos achou que parecia um guarda.

— O que você disse?

— Exatamente o que você ouviu — falou o homem, sério. — Ninguém que entra aqui pode sair. Já pensou se o mundo lá fora soubesse de nós? No mínimo o "Lugar-Nenhum" viraria atração turística e os nossos problemas recomeçariam. Talvez destruíssem este lugar de vez.

— Mas é que eu preciso voltar pra minha casa, pra minha família. A essa hora todos já devem estar preocupados.

— Só há uma maneira de voltar — falou uma voz de mulher.

— Flora — Marquinhos se alegrou. — Que bom ver você novamente! — e abraçou a moça, aliviado.

Flora sentou-se num tronco de árvore caído e ele ficou ao seu lado.

— Aquele que passa corajosamente pelas provas conquista o direito de ir e vir entre os dois mundos. Somente passando por essas provas é que você poderá sair daqui. Está disposto a enfrentá-las? — perguntou Flora.

— Se é a única maneira, eu faço prova de qualquer coisa.

Nesse instante ele se lembrou de que tinha prova de Ciências no dia seguinte, e ainda não tinha estudado!

Flora continuou:

— Antes de mais nada, você deve prometer que, saindo daqui, não vai contar a ninguém sobre este lugar.

— Já está prometido!

— Então siga-me.

Eles foram andando pra dentro da floresta, por um caminho também iluminado. O "guarda" veio com eles. Chegaram a uma construção antiga, de pedra, bem grande por sinal. Marquinhos ficou pensando se não teria de enfrentar um dragão ou coisa parecida.

— Que tipo de prova eu vou fazer, Flora?

— Não se preocupe. As provas são adequadas à capacidade de cada um. Cuide só de enfrentá-las com bastante coragem!

Então ela se despediu:

— Eu devo ficar aqui. De qualquer maneira, nós nos veremos novamente — e se abaixou para beijá-lo na testa. — Boa sorte!

— Obrigado, Flora.

Somente o "guarda" o acompanhava agora. Passaram por um enorme portão de ferro, e tudo parecia vazio. Marquinhos ouviu vozes lá fora. Sim, eram seus amigos jogando bola! A vontade de voltar para o seu mundo aumentou.

— Qual vai ser a minha primeira prova? Eu tô doido pra acabar logo com isso!

— Você está na frente dela! — o homem respondeu.

À frente deles havia uma porta de madeira muito antiga, onde estava pendurada uma placa: "Sala do Banho".

Ele foi entrando sem entender por que as provas começariam ali. Mas tirou a roupa e ligou o "chuveiro", que não era nada mais do que um cano por onde saía uma água supergelada. Começou a passar o sabonete e sentiu que outras mãos faziam a mesma coisa nele. Não podia enxergar direito porque havia pouca luz. Foi aí que as mãos começaram a esfregar, esfregar, esfregar. Esfregaram o cabelo, os pés, as mãos. Marquinhos não estava gostando nada daquilo, até que as mãos começaram a esfregar as orelhas. Aí ele não se conteve:

— Ai, ai, vocês estão me machucando!

Mas não adiantava reclamar. Elas não pararam enquanto não esfregaram o bastante. Depois que ele saiu do banho, sentiu as orelhas quentes e achou que deviam estar vermelhas. Lembrou que tinha altas brigas com a mãe por não lavar bem as orelhas, e achou que, se conseguisse sair dessa, a primeira coisa que ia fazer era mostrar a ela que estavam bem limpas.

A segunda prova iria começar logo. Numa porta como a primeira estava escrito: "Sala do Jantar". Quando ele leu aquilo, sua boca se encheu de água. Abriu a porta e começou a andar por um corredor estreito. Percebeu que estava morrendo de fome.

Imediatamente, sentiu cheiro de cachorro-quente (a comida de que ele mais gostava) e a fome aumentou. Como por encanto, o cheiro passou e ele sentiu outro: de bolo de chocolate. Marquinhos nem podia acreditar que tinham decidido fazer um banquete pra ele antes das outras provas. Apressou o passo porque a fome aumentava cada vez mais.

Entrou então numa sala clara, grande, onde encontrou uma mesa enorme, com um prato e talheres (só podiam ser pra ele) e várias bandejas tampadas. Por incrível que pudesse parecer, ali não havia cheiro algum. Foi ansioso levantar a primeira tampa, e qual não foi a sua surpresa quando descobriu o que era: quiabo. Pura e simplesmente, quiabo! Quiabo era a comida que ele mais detestava, odiava mesmo. Chegava a fazer greve de fome quando tinha quiabo em casa. Ficou desapontado, mas resolveu destampar logo as outras travessas.

Na segunda o que ele encontrou? Salada de quiabo. E na terceira? Quiabo frito. Foi levantando tampa por tampa, cada vez mais aborrecido com o que encontrava: quiabo à milanesa, quiabo à grega, ensopado de quiabo, suflê de quiabo e, por fim, sorvete de quiabo.

Marquinhos chutou com força todos os pés da mesa e chegou a chorar de raiva. Depois, como seu estômago estivesse roncando à beça, pegou um pouco do quiabo à milanesa e tentou engolir sem prestar atenção ao gosto. Comeu o suficiente pra não morrer

de fome. Por sorte, havia uma jarra de água na mesa e ele bebeu bastante.

Não veio ninguém buscá-lo e ele decidiu sair daquela sala. Ficar tão perto assim de quiabo não podia fazer bem! Saiu pela mesma porta por onde tinha entrado (era a única da sala). Entretanto, o corredor que via agora era bem diferente daquele por onde ele tinha passado. Era menor e mais iluminado e, além disso, não tinha saída. Resolveu, então, voltar à Sala do Jantar e procurar uma outra porta.

Surpreso, Marquinhos viu que na porta tinha sido colocada uma outra placa: "Sala dos Deveres". Entrou. Que modificação! A sala já não era mais a mesma. Como é que eles puderam fazer isso tão rápido? O menino nem pensou muito, começando a achar natural essas coisas acontecerem no "Lugar-Nenhum".

Havia uma mesa grande no canto da sala e duas cadeiras: uma estava vazia, e na outra estava sentada uma mulher alta, de óculos e cabelo preso. Por cima da mesa e em alguns pontos do chão, havia pilhas de papel e livros. A mulher, sem olhar para ele, falou:

— Sente-se, Marcos. Você pode começar com esses deveres de Matemática, depois podemos passar para Ciências ou Comunicação.

Marquinhos sentou-se e começou a fazer os deveres. Todos eram corrigidos pela mulher na mesma hora, e quando não estavam certos, ele tinha de fazê-los novamente.

Fez a primeira pilha, a segunda, a terceira, parecia que os deveres nunca acabavam. Num certo momento, teve a impressão de estar ouvindo o seu programa preferido de televisão. Bem longe. Aí ficou morrendo de vontade de estar em casa vendo televisão, acabou se distraindo e errou os deveres... Isso atrasou ainda mais a prova, porque ele tinha de fazer tudo de novo. Então fez força pra não prestar atenção nos sons do tal programa, e conseguiu se concentrar totalmente nos deveres.

Depois de horas e horas de tanto dever, a mulher finalmente se levantou e falou:

— Você acaba de passar nesta prova também!

E saiu.

Marquinhos respirou aliviado e se recostou na cadeira para descansar melhor. Estava com tanto sono... Até agora tinha se dado bem nas provas. Mas que coisa chata: ele não sabia por que o pessoal do "Lugar-Nenhum" tinha escolhido as coisas que ele menos gostava de fazer ou com as quais tinha dificuldades... Ele preferia que fossem coisas mais interessantes, uma aventura, por exemplo, mas pressentia que o pior ainda estava por vir.

Ficou assim pensando, se balançando na cadeira, quando, de repente, a cadeira virou e ele caiu pra trás.

Marquinhos não se machucou, mas levou um susto tremendo. Caiu num buraco, que devia ter-se aberto naquele momento.

"Isso deve ser uma passagem secreta" — pensou ele. E não se amedrontou enquanto escorregava numa espécie de tobogã. Tudo estava escuro.

Quando finalmente "aterrissou", não viu nada. Apenas sentiu uma coceirinha no pé. Levantou-se e foi tentar, apalpando, descobrir alguma coisa. Foi quando muitas cosquinhas o "atacaram" ao mesmo tempo. Cosquinha no pé, cosquinha embaixo do braço, no pescoço, na barriga.

Ao olhar pra cima, apesar do escuro, pôde ver a coisa que mais o apavorou em todo esse tempo de "Lugar-Nenhum". Começou a ficar desesperado. Letras que pareciam soltas no ar, luminosas, formavam o seguinte: "SALA DA COSQUINHA ETERNA".

Marquinhos começou a gritar:

— Não! Cosquinha eterna, não! Eu nunca vou conseguir sair daqui! Isso também é demais!

As cosquinhas continuavam e Marquinhos já estava sem fôlego de tanto rir (apesar da vontade de chorar).

— Ha, ha, ha, hi, hi, hi... Parem com isso! Ai! Eu sou só uma criança... Ha, ha, hai... Vocês nunca ouviram falar nos Direitos das Crianças? Ha, ha, ha, ha. Até aqui eu aguentei, mas isso é tortura! Eu vou denunciar vocês pra ONU! Hi, hi, ha, ha... Socorro! Acho que eu vou morrer de tanto rir!

Imediatamente Marquinhos caiu. Tudo ficou silencioso. Escuro e silencioso. As cosquinhas pararam. Parecia que tudo estava acabado. Só restava Marquinhos ali, caído, sem se mexer, sem ao menos respirar...

De Volta

Marquinhos sentia-se tonto. Conseguia perceber que ainda estava caído em algum lugar... Entretanto, agora tudo estava claro.

Começou a ouvir vozes e, aos poucos, a ver alguns rostos. Não estavam muito nítidos... Sim, eram seus amigos!

Lentamente os sons foram ficando mais claros, e depois as imagens. Ele se sentou e perguntou:

— O que aconteceu?

— Nós é que queremos saber! Você mostrou a bola e nós pensamos que estava tudo bem. Depois ouvimos uns gritos e corremos pra cá. Achamos você caído aí!

— Nossa! Eu devo ter batido a cabeça. Tá doendo demais!

— Só isso? Tá sentindo mais alguma coisa? — os amigos estavam preocupados com ele.

— Não. Eu acho que o resto tá legal!

— Poxa, cara. De onde você caiu, afinal? Será que foi de lá de cima?

— Eu não consigo me lembrar direito — Marquinhos falou baixinho.

— Que nada! Ele deve ter tropeçado nesse degrau aí. Ou então tá fazendo fita pra não jogar mais. Deve estar cansado... — falou um menino magro, com ar de deboche.

— Para com isso, Tiago! Não tá vendo que ele se machucou mesmo?

Esse Tiago! Era o garoto mais chato da rua. Só tinha entrado no jogo porque a bola era dele! Se Marquinhos não estivesse tão tonto ainda, daria uns bons socos naquele Tiago.

— Escuta, pessoal, quanto tempo eu fiquei fora? — perguntou Marquinhos se levantando.

— Quanto tempo? Ficar fora? Tá maluco? Não tem cinco minutos que você veio pegar a bola.

Outro menino falou:

— Olha, essa pancada deve ter deixado ele meio zonzo. É melhor você ir pra casa, sabe. A gente se vê depois, na escola.

Todos os garotos saíram dali e cada um foi andando em direção a sua casa.

"Tá certo que eu tô meio tonto mesmo. Mas... Será que aquilo tudo foi delírio? Parecia tão real... Os garotos disseram que eu não fiquei nem cinco minutos na casa! Eles podem estar me enganando. Não, claro que não. Eles não iam fazer isso. Eles nem sabem o que eu vi. Ou não vi..." — pensava Marquinhos enquanto caminhava.

De repente, parou:

— Mas eu estou limpo e perfumado. Como é que ia ficar assim logo depois de uma partida? — pensou.

Automaticamente ele colocou a mão no bolso e achou aquelas pedrinhas coloridas. Deu um grito:

— É verdade! Eu não sonhei!

Tentou se conter um pouco, com medo de que os meninos o ouvissem e achassem que estava maluco.

— Eu estive no "Lugar-Nenhum". É isso. A Flora disse que o bosque ficava fora do tempo e do espaço que eu conhecia. O tempo deve correr diferente lá. Por isso aconteceu aquilo tudo e eu voltei só cinco minutos depois — falou em voz baixa.

Ele guardou as pedrinhas no bolso, lembrando-se da promessa que tinha feito. Não deveria contar aquilo pra ninguém.

— Se estou aqui, se eu estou de volta, é porque passei em todas as provas. Isso significa que eu posso ir e vir entre os dois mundos!

Ele ainda tinha algumas coisas pra resolver: uma prova de Ciências no dia seguinte, por exemplo. Mas assim que pudesse, ia voltar ao "Lugar-Nenhum" e voltar pra casa, e ir de novo. Sensacional!

Foi andando pra casa pensando nas incontáveis maravilhas que conheceria em sua vida daí pra frente.

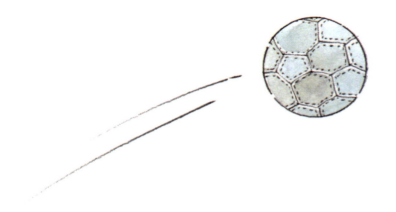